邂逅於美麗

胡鼎宗　著

·自序

我想·寫詩

賞詩進而愛詩、想寫詩，是退休之後的想望。

一個編雜誌四十年的老兵，對文字的喜愛該是後天養成的。只是對文字運用仍覺力有未逮；尤其是詩。

詩是美麗又迷人的文字表達，我始終望塵莫及，遂興起學習而後創作之念。

我對詩的想法是：如同身受的新聞教育，嘗試用平實簡易文字，編織動人且富意涵的篇章。我認為，創作領域無限，書寫意境無涯，願每個人都各有所好，分享文字舞動之美。

從未投過詩稿的我，井蛙窺天，冒險一試；敬祈方家指教。

孤芳自賞是我書寫的動力，淺嘗深思是另一種邂逅的美麗。

胡鼎宗　寫於臺南市　110.5.1

目錄

卷一　偷一片天光

卷二　看天地作畫

卷三　曬一畝心田

卷四　拾成長流金

卷七　測民心風向

卷一　偷一片天光

喜歡在晨昏走路時，觀看天空雲朵流動，興起遐思無限。
大自然給予的一切都是自然而美好，端視如何參透其中。
我願在一片天光透析下，享受美好人生。

巴克禮公園

之一

風在樹中躲迷藏
水在草間跳方格
楊柳樹擺盪如頑童
落羽松詮釋坐如鐘
七月的阿勃勒
聲聲喚著颱風
我的衣裳愈來愈薄了

之二

移動的
更多花紅草綠
增色的
各種語酣言熱
綻放的
都是心靈花朵

若無閒事掛心頭
美好時節映臉頰

之三

李仁慈遇見巴克禮
里長頂禮先驅
溪水彈奏功績
林木引領高亢
府城敬禮
公園重生
信心和用心結了婚
翻轉與流轉握住手

（巴克禮先生係早期外國傳教士來臺宣教，建立醫療體系，造福島民。公園以其名紀念之。李仁慈為當地里長，整建有功。）

之四

只有在公園
呼吸才能成為精靈

他向所有生物道個早安
不安分地四處亂竄
人們臉上透著自在
　手上捧著輕鬆
　腿上紮著快樂

呼
穢氣倒地
怨氣投降
濁氣逃亡

吸
氧氣報到
正氣入列
陽氣答數
只有在公園
呼吸才稱得上是呼吸

散步

呼吸領著律動
腳步跟著晨光
走路拖著旅行
散步結緣林道

向樹木道早安
和蟲鳥捉迷藏
人在地上走
樹在天空動
葉在草上飛
花在林間舞
捕捉空氣的靈動

風速與冷熱交手
熱氣脫下了帽子
冷風吹出了圍巾
五顏六色只是公園過客
天地造化才是主人

散步於自然
自然要散步

看海

帶著煩躁去看海
踩著快樂小細砂
望著喝醉大浪花
聞著海風玩遊戲
聽著嬉鬧在跳舞
想著悠閒度蜜月
摺著憂愁拋藍天
懷著平靜好做夢
揣著安寧回家去

曇花

從綠色葉片延　伸
稜角處遇到愛
伸長手化成雪白羽翼
迎接月娘到來

黃蕊吸吮月光
在白色花被上開屏
另一根黃中獨白的蕊心昂首吐信
夜空一片燦然

綠白黃三色共舞
黑幕玩起魔術

生死仍在猜拳
剎那即永恆

花

花在客廳
匠心滿室春

花在陽臺
滋養鐵窗情

花在展場
巧扮綠葉香

花在枝頭
點燃魔法棒

花在野外
藍綠求和諧

花在大地
四季舞風采

風之舞

春風在跳舞
舞在嫩芽尖
舞在露水珠
舞在蟲鳥翼
舞在潺潺的小河聲

夏風在跳舞
舞在綠草香
舞在葉縫光
舞在蟬鳴上
舞在轟隆的瀑布聲

秋風在跳舞
舞在雲中藍
舞在熟穗黃
舞在楓葉紅
舞在滾滾的長河聲

冬風在跳舞
舞在毛帽邊
舞在瑟縮態
舞在白晝布
舞在結凍的冰河聲

迎風　接風　放風　搬風　抽風
風之舞　無所不在

枯樹

像衛兵站崗
把自己塑成雕像
不動如山
連枝葉都停止呼吸

枝椏早已作古
有些裝模作樣任由雲朵跳方格
有些依偎主幹欲語還休夢周公
姿態還是很講究的
那棵失去光華的樟木

臨停的鳥兒

剪影成生命風景
枯枝伸出雙手
攪弄一方藍水

只要不倒下
存在就是一種力量

卷二　看天地作畫

從事靜態工作較少外出，加上疏懶成性，因而天地美景常只在方框中瀏覽。

承好友之情，近幾年有向寶島巡禮機會，特別感謝盛情和美景洗禮。

讀萬卷書、行萬里路、結萬人緣的師長教誨，於我而言常常不及格。

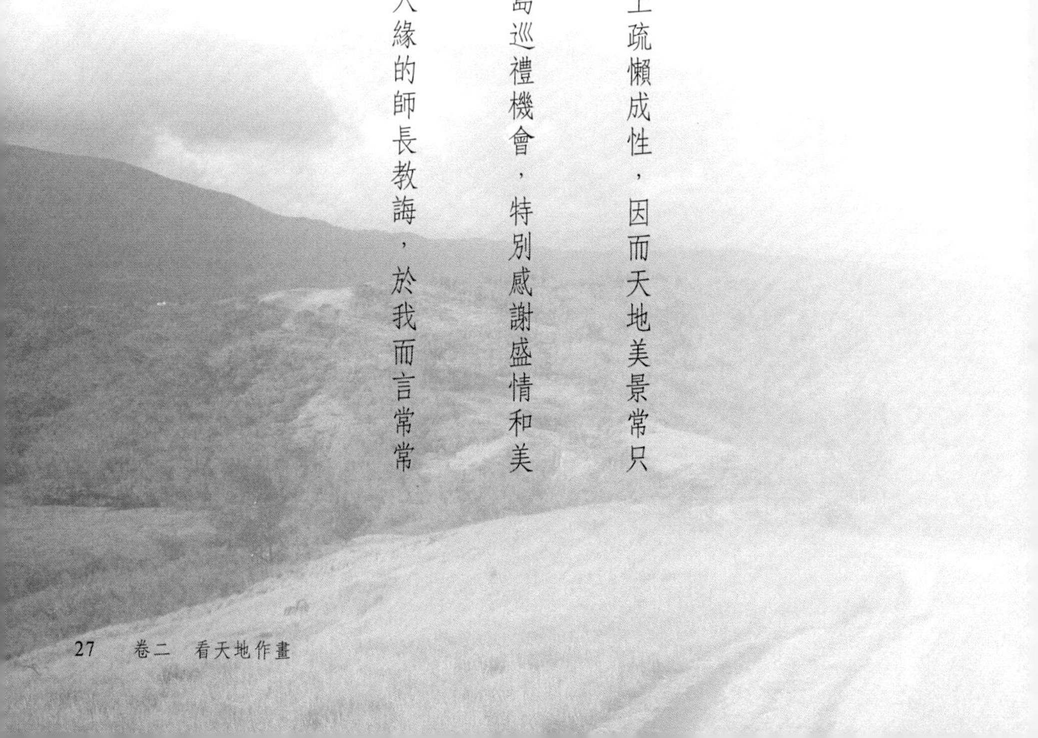

淡水一日遊——向黃之雲同學致謝

之一

大海追著淡水
淡水追著樹林
樹林追著古蹟
古蹟追著老街
老街追著人潮
人潮追著淡水
淡水追著大海

河海一家
同心結緣

之二

淡水的皇冠是綠樹
人群的仰望是夕陽
學校的眼睛是山巒
砲臺的容顏是歷史
古城的旗幟是烙痕
碼頭的儀仗是海洋

歷史看著海洋
海洋寫著歷史

之三

宮燈大道
淡江大學的美麗臍帶
看山觀海
迤邐漫步於歷史平臺

五虎崗上　教育為前鋒
純德女中　籃球是中鋒
紅毛古城　屹立如後衛
馬偕在真理開堂歷史課
醫護與教育走入了民間
淡水鎮抬起頭
北臺灣挺起胸

美哉福爾摩沙

黃之雲的講古

非誠勿擾

遊臺東

之一

駕著雲霧出山洞
踩著綠意入臺東
山是海的眼睛
海是山的胃口

坐在綠巨人腿上
浸著藍精靈酵素
芬多精遇見負離子
小城市情牽好山水

初秋的臺東很希臘
羊蹄甲跑出一片粉彩
行道樹織成一道綠廊
鳳凰花開得很臺南

之二

稻浪在觀景窗內遊走
大樹在遊客群中眨眼

打個招呼的是演員
即興演出的是飲料

伯朗大道很勃發
金城武樹真精神

天地奉獻水源
水源奉獻埤塘
埤塘奉獻能量

能量奉獻稻禾
稻禾奉獻天地

池上之水天地來
稻浪止不住點頭

之三

從皺著臉的山坡，
往下看
是多良站外的垃圾飛舞，
往下看
是站臺定時的人潮朝聖，
往下看
是張牙舞爪的相機獵艷，
往下看
是亮燈過洞的火車招搖，
往下看
是趕走熱氣的樹林安歇，
往下看

是炒熱景點的沙灘無言，
往下看
是漸層混色的海面競波，
往下看
是蒼茫無盡的眼界拓寬。

之四

踩著恐懼
踏出希望
人道循著天道運行
路　不分古今
道　天經地義

山谷峭壁的奇
吊橋飛瀑的險
早被綠白兩色調勻
開路人只管汗水捉狹
後繼者才有閒情走動

古道是
古早的歷史踩出積澱
美麗不限於顏色

六十石山

花的別名滿多
只有橘紅是唯一的字
能忘憂的是萱草
要食用的是金針
朵朵都是愛的禮物

金針花山已把這些山叫紅
紅通通地滿山滿谷
人頭聳動　花頭顫動
車頭鑽動　鏡頭浮動
人為的花海潛泳著愛花的人

橘紅鬥彩湛藍
鏡架巧移風景
花挨著花
人跟著人
綠草不想出頭

合歡山

合歡的意象很美
人與山同樂
樹與林同生
雲與雪同棲
草與天同行
石與土同根

合歡的實相也美
草原是大地的鋪蓋
林木是群山的護衛
雲霧是山林的魔法
清風是人間的美味

山水合奏樂章
林間輕彈松語
合歡盡情高歌
美麗的山貌
美麗的名字
登合歡　人同歡

日月潭

天使的喜悅流進南投
寶島名潭在微笑

日月光耀湖面
山林潤澤大地

天空藍　湖水藍
藍得很希臘

青草綠　林木綠
綠得很清境

原始的　自然的
把美麗還諸天地

變造的　人工的
將缺憾遺留人間

稱謂不是重點
建物不會加分
躺在山巒中的一泓清池
要的只是　寧靜

向山遊客中心

那是一種具層次的美
友人如此強調

在向山

水是小精靈
彈指點點晶瑩剔透
水是魔法師
映照萬物看見彼此
水是觀景窗
焦距景深活用自如
水是潑墨畫
穠纖合度空靈幽遠

水是音樂家
管弦齊奏聲勢驚人

向山向著山
水才是焦點

清境・西雅圖

一部電影戀上一座城市
一座城市捧紅一個景點
一個景點炒熱一部電影
北美西雅圖夜未眠
清境西雅圖日正央

民宿的誘惑在觀景
西雅圖的魅力在山與霧

從山腰讀山
偉岸如父　祥煦似母
寬容若天　廣袤同地

蒼翠在前　蓊鬱列後
守著清境守著家

坐看雲起時
霧是神鬼傳奇
如衣帶環水　似荒野農炊
若白雲騰駕　同群山嬉戲
忽而遠處藏耍　忽而撲面而至
守著雲霧看見西雅圖

（寫給蔣台福同學經營的西雅圖民宿）

阿里山

山是水的養分
水是山的臍帶

阿里的簡單發音
叫響美麗山林
喚醒沉寂天地
各方競相朝聖於此
小火車轟隆開道
小轎車蜿蜒而行
巨木有待雙腿行動
雲霧不時玩著遊戲
只要往山上走

白霧和雲海隨時相望而笑

日出美景跳躍於山頭
阿里山看曙光點燃心頭悸動
一瞬化為永恆
光采源於自然
歡呼來自心底
感動出於敬謹

山　一直都在
說故事

卷三　曬一畝心田

從事編輯工作多年，總在別人文字堆中挑三揀四，唯獨對自己有些鬆懈。

事實上是眼高手低、自修不夠，所以怕寫而不敢寫，終至不能寫。

生活周遭人事物其實就是素材，我期盼心中寫作之苗能持續成長。

酆姐家宴

美食碰撞
人情微醺
美麗邂逅於食指

汗水與心血下了鍋
蒸騰起用心的白霧
巧手快語點將出兵
佳餚立時穿戴齊整
涼菜是熱情的號手
引領牛肉麵揮出全壘打
味蕾起身歡呼

藏不住的嚐鮮

婚禮

笑容帶著每個人進場

所有的佈置笑了
餐桌上的花笑了
樂隊的歌手笑了
主持的司儀笑了
只有爸爸帶進場的新娘哭了
新娘媽媽也哭了
是捨不得而哭，
還是喜極而泣？
沒有一雙眼睛在意

嘴角只管上揚
大家都笑了
笑是婚禮的主人

洗臉

小時候
男童的臉和髒污連在一起
不愛洗臉成了標記
媽媽說：你洗臉
就像和水親個嘴

長大時
男生的臉和痘點有了邂逅
勤快洗臉難掩目光
醫生說：你洗臉
常和面子過不去

結婚後
爸爸的臉和疲勞常掛上勾
按摩洗臉容光煥發
太太說：你洗臉
面子裡子都暖心

年老了
老人的臉和皺紋分不了家
洗臉睜眼慢條斯里
自己說：我洗臉
總是能看到父親

颱風

之一

颱風來敲門

窗戶閉嘴不回答
顫抖聲響卻洩了底
樑柱挺直了腰桿
小水滴卻搔得發癢
屋頂擺開托天式
嘩啦啦卻讓人變臉

抹了黑的雲

拿著刀的風
帶著槍的雨
鞭打著城市的穴道
合谷讓低地成為河道
睛明讓樹林不斷低吟
三陰交讓號誌彎了腰
足三里讓電桿鞠了躬
血管裡流淌的滿是污泥
颱風敲門　萬物應聲

之二

颱風兀自漫遊
眼觀天下

氣象圖上一小段
影響範圍一大片
走向牽動神經
大小關乎生計
萬物呼天搶地
只有水庫叫好

米農看著穗子喝飽了水
果農看著果子逃離了枝

菜農看著菜葉撕破了衣

大自然一怒
多少人辛酸
人定勝天，還是人要敬天

颱風眨一下眼
遠離

梅雨

低壓俯衝印度洋
冷熱吻成水霧
行軍中南半島
巴士海峽攔截不成
紅通通的蕃薯喝下雪碧

西南氣流駕到
土石流歡呼迎接
山林保育打高空
自然萬物未蒙其利先受其害
當欣喜與哀怨瞬間成了朋友

老天爺真難為

太外婆

思念
被記憶點燃
紅塵道遠　往事不如煙
記憶是有溫度的倚靠

那年秋天
命運闔起藍天
牽手猝然撒手
外孫女打開一扇窗
接續生活的芬芳
三十二載歲月流轉

祖孫相聚日少
外孫女總能取一瓢相思
熨貼心海

一聲婆太（注）
外孫女之女喚來了思念

（婆太是客家語太外婆之稱）

安靜

巷內機車疾駛
我看見
穿著文明外衣的惡魔仆街
百貨美食一條街攬客
我看見
過多的糖鹽調味料齊舞
公園內健身操音響震天
我看見
花和樹摀住了耳朵

老先生口沫橫飛聊政治
我看見
和風閃了腰

選舉前的廣告和布條張揚
我看見
人心在擾動　城市在哭泣
安靜的日子回不來了

行動診所

離島醫師
駕著仁心出海
山區醫師
開著仁術上山
無國界醫師
帶著熱情著陸
大愛在行動中印照誓言
奉獻在看診中刻上美麗

行動診所
調劑出慈愛
導流出安適

按壓出關懷
炮製出芬芳

幾聲
謝謝叔叔伯伯把拔
仁醫淡定以對：
他們來不了，我就去他們那裡！

搬家

之一

搬家和忙亂交集
忙亂和生活呼應
生活和煩惱作伴
煩惱和時間賽跑
時間給搬家壓力
搬家讓時間好過

之二

書本追著書架跑
碗筷追著餐桌跑
鍋盆追著廚房跑
衣物追著寢室跑
垃圾追著兩家跑
父母追著金錢跑
搬家真累

之三

搬家有各種理由
沒有理由的是行動
起心動念為的是自己
和豕字上面穩定的寶蓋
搬家學到什麼？
整理有訣竅
收納很重要
購屋需情報
換房趁年少
眼光要獨到
裝潢有一套

退休

之一

退休像一片落葉
看過繁花競艷的勢利
打過風雨雷電的招呼
碰過蟲鳥親吻的戲謔
沒了永保長青的色彩
圓了功成不居的摧殘
而今
一葉落地
微不足道的輕觸
仍是心中最不捨的甜蜜

之二

退休是一隻精靈
扮演工作殺手
主宰時光流轉
種出頭上白髮
迷亂靈巧眼耳

退休終結了工作
工作終結了酬勞
酬勞終結了意願
意願終結了心態
心態終結了流光
流光終結了生活

生活終結了退休

退休　無所事事

不退休　心中有事

退休　為所欲為

不退休　為無所為

量血壓

數字牽動人心
所有人臣服其下

綁帶宛如起跑線
充氣球鳴槍壓縮
汞柱自由落體
聽診器舉起紅旗
裁判在醫師的耳朵

高低敲開情緒大門
只有藥品不動如山

動與靜

動

看雲山在動
觀海石在動

爬山路在動
過橋水在動

坐車窗在動
跑步眼在動

眼界要生動
只在心之動

靜

時光不出聲
流水不生苔
手語劃破空
示單即是禪

大隱隱於市
大哭不出聲
大悲不留心
大勇不出口

生活隨筆

之一・衝突

時間在快慢中拔河

提早的慣性
和急躁成了好友
拖拉的習性
和溫吞打上交道

二人世界　一個天地
時間成了衝突的導火線

之二・剛好

買多是遺傳
被艱苦蹂躪的日子
有餘等同享受
買少是習慣
遭窮困剪破的日子
節儉不是美德

剛好
在古代與現代中放封

之三・隨手

右手自主與左腦對話
隨手輕易和習慣做伴
只要順手
有什麼不可以

隨手和定位犯沖
定位和整潔聯手
整潔和要求相當
要求和隨手拉鋸

隨手不理這些教條
我行・我素

之四・心病

把生病交給醫師
把生命交給上帝

病為八苦之苦
心為萬病之根
病加心　苦之源
病除心　生之始

簡單道理置之空閣
心病幾時才能休？

之五．簡單

簡單邂逅自在
少欲緊抓手頭
紅塵追著名利
心情跟著流光

生死一場夢
有無一陣風

朝陽夕景無限好
踩踏自然樂趣多
負離子牽手芬多精
肺腑歡呼血流拍手

簡單長駐在身
歡喜長駐在心

路跑者

與標線為伍
舉步輕盈
雙臂互動如鐘擺
搖向藍天

眼神為艦首
汗水張望海洋
無止盡的藍色
跑走孤寂
跑出臂與腿的完美圓弧

過年

華夏年獸奔跑了三千年
跑過神鬼爭鋒的懵懂
跑過百家爭鳴的喧囂
跑過江河氾濫的無助
跑過盛世繁華的昂揚
跑過戰亂離散的苦悶
年獸不歇息地驅趕希望

帶來了
心的聯繫
新的想望
長長久久的祈願

紅紅火火的熱力

革故鼎新

新年吉祥

端午

節日總能生出傳奇
傳奇總能舞動色彩
色彩總能豐富積澱
積澱總能堆成文化
文化端午打造節日

菖蒲拒絕了瘴癘
雄黃綁架了白蛇
立蛋營養了天文
午水灌溉了地理
龍舟划起了情感
粽子投出了思念

歷史豐美了生活
生活就是明天的歷史

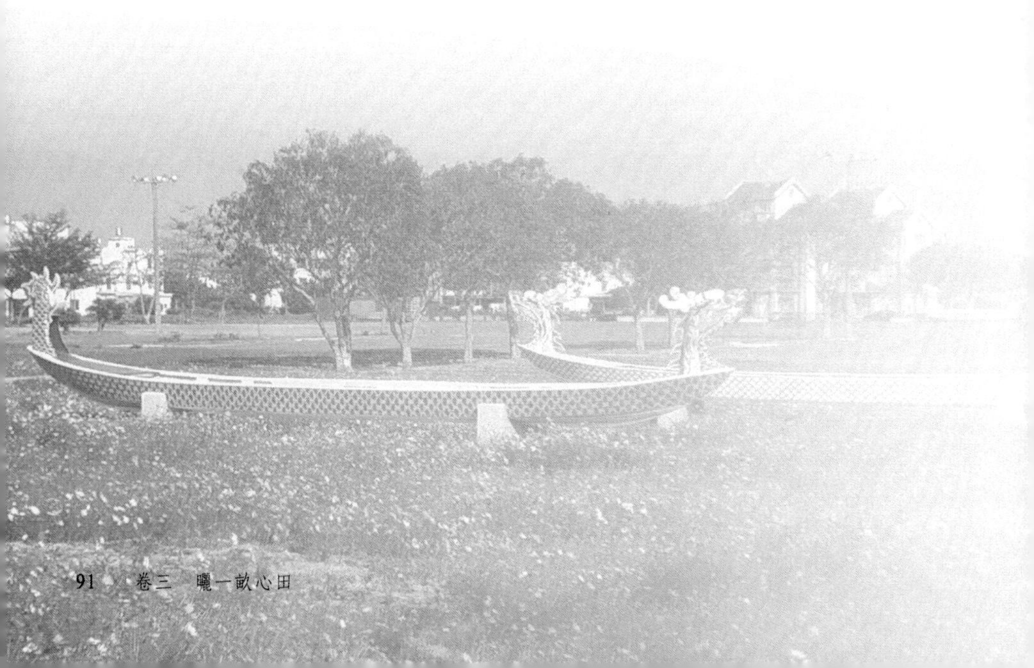

中秋

趕著路的人
以團圓滿足思念
睡飽的月亮為他照明

夜生活的人
以鞭炮撐起興奮
暈眩的月亮倚著雲朵

合家歡的人
以烤肉燃起幸福
皎潔的月亮同聲鼓掌

報氣象的人
以緊盯換取準確
十五的滿月年復如此

污染

一座座煙囪裝上輪子
滿街遊走
一管管煙火啣在嘴上
隨意噴發
一串串烏雲扣著機器
定時吐納
大地臉龐上了色
城市容顏變了臉
污染在不起眼的地方
愈來愈迫近

霧霾

晨起
露珠不再施捨給花木
車窗只見灰濛濛天光
綠離開了樹
艷走調於花

午後
大霧後天明成了失誤
口罩後儘是扭曲臉龐
無可奈何的灰
把口頭心坎包得緊緊

夜晚
所有廢氣集合做操
咳嗽聲搶成交響樂
垃圾車少女的祈禱聲
被空品不良趕下了車

健康的無形殺手
殺出另一條血路
它的名字叫霧霾

過南迴公路有感

道路放棄了彎曲
樹林放棄了伸展
天地放棄了山青
視線放棄了水湄
群山撐起了標記
水泥撐起了椿腳
柏油撐起了驕傲
車輛撐起了景觀

便捷與天然在拔河
人為與鬼斧相較勁
彎曲比不上直道

環境放棄了希望

帶狀皰疹

從免疫將軍失守第一座城池後
胸腹間的廣袤平原
下起了紅雨
繁衍出紅豆
痛的烽火點燃
火灸　鞭抽　熱燙　電擊
綜合新味出爐

痛的治病靈丹是睡
睡的親密敵人是痛
痛睡纏綿
寤寐交替

譫妄不只是作夢
作夢不再是甜美
甜美不會在夢境
夢境不全是譫妄
休息　醫師如是說

卷四　拾成長流金

工作期間待的單位，時間有長有短，還注定要和雜誌編輯終老，我樂在其中。

每個單位都讓我學習到為人處世的道理，感謝每個遇到的人、事、物。

成長是一個過程、一個經驗、一個收穫；一分快樂、一分成熟、一分歡喜。

從軍樂

第一章

※

大屯山下
傳說吹開一頁歷史
山勢若蝠翼
福地育英才
復興崗上
歷史震開一道裂痕
畢業生捨命
報國立典範
我們在復興崗上

※

徐摶九在四合院中招手
把新聞寫進歷史
新聞人在新聞館內呼吸
把歷史還原新聞
代代傳心
念念續情
新聞教育牽手軍事訓練
親愛精誠作伙文武合一
我們在復興崗上

※

文字帶著智慧開跑
相機拎著勇氣前行

我們為戰爭捕風捉影
戰爭為立場楚河漢界
立場為信念誓不兩立
信念為國族奮戰不懈
國族為我們教養生息
我們在復興崗上

第二章

※

二條槓立上肩頭
架起下部隊的軌道
鐵打的軍營靠我們鍛造
流水的士兵靠我們揉塑
國軍血脈滋養了新元素
臺澎金馬活絡了新細胞

中尉報到
歡迎排長

※

春風輕拂機場
護著聯隊
綠著機堡
轟著戰機
擦著槍砲
練著人員
各就各位

雖說
防砲是空軍陸戰隊
槍砲是弟兄父執輩
我們仍能
以情感釀出團結

以團結拴緊紀律
以紀律釋放壓力
以壓力完美操演
以操演阻絕傷亡
迎著春風
守護領空

※

紅土．坑道．碉堡群
金門以漆黑迎接我們
沒有燈光也沒有紅綠燈
卻是光耀兩岸的光明燈塔
開口笑在新頭吞吐

阿兵哥在沙灘抽腿
與時間拔河
與物資對價
夕陽駕著馬車送來了夜
沒有靜謐
生人勿近

※

那個砲擊的年代
不長眼的砲宣彈
卻讓我們看清了一切

訓練是為了疏通安全之門
戰備是為了佈下天羅地網

休息是為了持續長遠之路

月夜戰備
與星辰同進退
雷霆演習
與黑夜共枕眠
在外島搖籃裡　練就身手
在前線氛圍中　羽翼漸豐
守著金門守著家

第三章

※

空軍上尉新聞官
著陸在聯合勤務總司令部
飛鷹符節飛駝
新聞結合文宣
聯勤固國軍
國軍穩聯勤

兵工為槍砲彈藥鍛造
財務為薪資預算籌劃
經理為衣帽鞋襪定型
測量為經緯大地奔走

物資為接轉軍品開拔
留守為後方勤務安頓
鑑測為軍品物資把關
外事為餐旅休憩包裝
支前安後創新發展
聯勤使命必達

※

國防部出版社名為新中國
以名為實　勇氣開跑
文宣作戰　拔得先機
一支筆勝過一支旅兵力
一張照片勝過千言萬語
為國軍吹響號角

※

有筆如山

筆鋒健走　行勇毅之道

有筆似水

柔情遊走　做上善之事

文宣對抗

聽不到砲聲的激戰

為國族奮鬥

做驍勇革命軍

捍衛國魂

發揚勝利之光

保障吾愛吾家

刊名開了口
內容跟著走

※

在沒有實兵的戰場上作戰
筆為槍　相機為砲
大腦為戰略中心

嗅覺追著時事
時事追著動態
動態追著新聞
新聞追著政治
政治追著嗅覺
打著心靈淨化的一仗

打著富裕繁榮的一擊
打著自由民主的一役

國家司儀

崇戎樂為元首開了門
敞廳靜音如永晝
清越圓潤之音滑出
國家儀軌到位

四百雙目光交互投射
孫先生頷首微笑
口令是溫馨的小號
主席才是指揮家
直立如松　心平似鏡
和禮兵較上勁

禮成在廳內迴旋
內心親吻了一下麥克風

與青少年同遊文海

七千個日子流淌
遊戲於方格
對話於大腦
揮灑於文字

在文學中捕捉生活
在生活中爬梳想法
在想法中傳達感情
在感情中創造希望
在希望中積澱文學

以散文為舟

以小說為橋
以短詩為路
航向創作大道

我撿拾鑽石與沙粒
與青少年同遊文海

同學會

之一

嬉鬧攻頂年少
氣味招呼同窗
當我們再回首
歲月爬上白頭

回憶枝頭綻放
嘈雜隨意遛達
流金寶盒鬆口
成長精靈四竄

本為一爐溫炙
鐵血流滿曾經
榮光瀰漫肩頭
同學會　黃昏後

之二

時光流成一條河
河中晶瑩著成長
時光匯成一畝田
田裡澎湃著熱情
時光燒成一團煙
煙霧璀燦著榮耀
時光吹成一陣風
風波豐滿著味道
時光颳成及時雨
雨點涵養著真情

你說你的

我道我的
那些純真情節
盡在不言中

之三

往事說著前塵
際會拉著風雲
相聚想著因緣
分享望著甘苦

歲月倚著年齡
同學靠著同學
政戰牽著同袍
國軍照著前程

當我們在一起
時間不是問題

45 流金一瞬——為復興崗23期107年南部同學知性之旅而寫

陽光慷慨地灑落
霧霾散　同學聚
團結是最美麗的容顏

郊遊延伸情感
情感溫潤郊遊
同樂是最光采的風景

感性和知性交融澎湃
永雄用心
炙熱同學心扉
明我吉言

敲響同學熱情
和與汗水
豐美同學味覺
朝榮巧手
按下同學永恆
還有數不勝數的同學之愛
碰撞後引發共鳴
同窗是最動人的曲調

朝陽與歡樂同步
落霞與笑顏齊飛
從左營到南寮
迤邐著回甘的喜悅
容顏雖見風霜

觀景窗內仍喜樂自在

四十五載流光隨風而去
吹不散一瞬凝聚的情思
相見是最期待的擁抱

畢業

六月彈出畢業琴音
鳳凰花在枝頭聆聽

淚水流出喜悅
歡笑催成掌聲
結束是打開了另把門鎖

離別串連心心相印
陽光牽著身影上路
時間把畢業生趕進未來

勳獎章

從客廳到書房
懷念移動了好幾回
相框內的勳獎章
早不在腦海中遛達
換房時還是要留個位置

那些過往的榮譽啊
是退休後觸目可及的
對望

最初的那一枚
早起晚睡親兵愛兵

各項競賽拔得頭籌
是在基層流汗實做而得

最低層的獎章
最高階的榮耀
最高貴的莫不是最底層

胡家三姊妹

※

是毅力播種
是基因授粉
是學習施肥
是意識扎根
從軍窄門
胡家三姊妹魚貫而入
在獅群中綻放芬芳

時間牽成紀錄
紀錄榮耀時間
家瑜美國色岱爾軍校達陣

家琳美國海軍官校奪魁
家琪美國西點軍校哺育
果然　巾幗不讓鬚眉

勇哉　胡家三姊妹

※

堅定是美麗的容顏
矢志不移是家庭動力來源
胡爸爸吹響號角
三姊妹攻無不克
胡媽媽完備後勤
慈愛裝滿行囊

汗水淚水交融出信心

三朵花心心相印
傳承是莊嚴的承諾
蕞爾小島人才輩出
向中華民國敬禮
擦亮她的招牌

壯哉　胡家三姊妹

※

美，自家中流淌
美，自生活薰染

升學不是唯一
琴棋書畫歌唱武術
陪同成長

遊學自學語文會話
鞭策上進
三朵花柳鶯物語
寫不完的美麗動人
美，是擋不住的誘惑

美哉　胡家三姊妹

（向胡元德賢伉儷和家瑜、家琳、家琪致敬與致賀）

卷五　推戲曲入門

父親是平劇票友也是戲迷，我從小耳濡目染，同樣喜歡平劇。

平劇融匯中華文化精髓，深入民間，是社教最有力的根本。

只是戲曲後繼無力，乏人問津，我嘗試做些很小的努力。

平劇

之一

布縵後藏著華夏精靈
舞臺上演著時光流轉
忠者素顏　著色歷史
奸佞白臉　粉飾是非

鼓鑼攪動耳膜
琴弦拉回視覺

生旦淨丑具是你我妝扮
唱唸做打只見人性翻騰

喜怒哀樂躍入劇中
嘻笑怒罵發自心中

歷史吹打完畢
關燈是故事的開始

之二

劇本在歷史中定格
歷史在生活中爬梳
生活在善惡中揀選
善惡在現實中映照
現實在人心中靠邊
人心在劇本中聚焦

忠孝節義　愛恨情仇
生旦淨丑　角色窺探

構築了歷史
鑽不出人心

文武場

樂隊何分文武場？
排場終將散場

清音繞樑　文場之輕
重樂聲響　武場之重

琴弦鑼鼓同樣在作戲
嚴絲合縫演的是和諧

氣氛在舞臺遊走
情節在指間跳躍

文武場隱身幕後
聲音尋覓著出口

（注：文武場係平劇演出時的樂隊稱謂。以下各文則是製作帽盔、鞋種、服裝、兵器的行當。）

盔頭

表情懸著彈簧
彈簧抖動珠翠
珠翠加分五彩
五彩綁架身分
身分勒緊角色
角色放諸表情

盔頭只是螺絲釘
演出分量可不輕

帽子戲法
怎用到了足球場上？

戲鞋

千里之行
始於足下
演戲之基
成於鞋履

劃上規矩
割出方圓
粘合陰陽
縫成六合
巧思動手腳
好鞋臺上行

戲服

為衣服紮上詩意
帝王將相奇獸雲浪
庶人白丁青衫藍袍
艷色直指富貴
青灰注定貧困
巧手裁縫　用心摺疊
上演滿堂彩
戲服為先鋒

把子

把子和歷史靠近
武器和現實交接
和而不同的是
重量

臺上舞得輕盈
臺下重得嚇人

飛撲跌打靠門道
選才敲製是學問
師傅話不多
把子挺傳神

卷六　開古城之窗

生長於臺南，對府城風土人情十分熟悉，那種城市味道始終不能或忘。

工作到一個段落後，舉家遷回府城，陽光臺南仍充滿著古早味。

臺南的樣子很少有變化，原始聚落型態和古蹟雜處，散步其間悠然有趣。

臺南一級古蹟（七處）

孔廟

下馬碑前人跡雜沓
鳳凰花與朱牆爭寵
禮門義路敞開大道
老榕笑談百年往事
半月泮池盼得尊榮
祠堂薰得滿門芬芳
大成殿牌匾塞滿藍綠
八佾舞撐起萬世師表

智慧毛流落各方
明倫堂空徒三壁

聖人未言
斯文在茲

祀典武廟

一座廟　立於道
富威嚴　抗倭人

朱牆早不是府城天際線
卻仍是最美麗的風景面

拾級而上　尊崇在其中
萬世人極　忠義勁如風
香煙繚繞　祈求合掌通
屋頂透出金光
關帝微睜雙眼
蓋廟人匠心
後世人讚歎

最奇的是
後庭百年梅花仍生機蓬勃

大天后宮

皇室與宮廟連結
領導與信仰交接
都說是施琅的主意
說穿了可能是天意
天神替代人治
凡夫照常往來
明室滅絕
香火傳續

龍柱依然挺立
螭庭照舊威嚴
媽祖度眾生

眾神無國界

（注：大天后宮原為南明寧靖王的府邸）

五妃廟

那個年代的貞潔觀
像鞋裡容不下一粒沙

明寧靖王的五個妃子
敵軍未到前
向天地捐出身軀
以清白譜寫歷史

那座廟
朗朗照著乾坤
綠草結環
黃土伴眠
她們的名字印刻在歷史長廊
所有炎黃子孫都會頂禮鞠躬

赤崁樓

四百年流光跑過
帶走歐式城堡沉痛記憶
唯一連結的是

荷蘭人頭髮的紅
當地古地名的赤

樓早已不是樓

明時激戰、清時平亂
雕像與石龜成了好朋友

悠悠忽忽四百年
時間才是主人

安平古堡

安平古堡磚階扶搖直上
臺灣城殘蹟只依偎在旁
糯米砂糖蚵仔殼灰
擋得住百年風霜侵蝕
卻難逃世人的手掌心

古堡空留歷史
城門不知去向
嘹望臺望向中原
鄭成功壯志未酬

安平原為鄭氏老家地名

眼前的安平路寓意深遠

億載金城

城堡是砲臺的化身
砲臺是禦侮的表徵
禦侮是愛國的根本
愛國是軍人的本職
軍人是城堡的護衛

億載何其遠
金城何其固

流光沖刷了諾言
公園替代了煙硝
沈葆楨屈就一隅
護臺將功在海防

臺海早不聞砲聲
和平亦不見蹤跡

古蹟

人死為作古
物久為古蹟
若道古珍稀
最古四百年

古蹟和生活對話
生活和人文勾手
人文和信仰交融
信仰與古蹟作夥

廟裡
川流不息的是人心

宮內
香煙繚繞的是想望
愈是古蹟
愈是芬芳

臺南運河滄桑

運河之水安平來
流淌著民工的血汗
流淌著漁民的希望
流淌著商業的往來
流淌著民居的便利
流淌著豐足的母愛

中正路是一條靜靜的河
連著商人漁民的腳步漫延
繁榮上岸　娛樂湧進
河的功能跳躍著

再見運河時已被割除了盲腸
街道未見新妝　繁華蒙上面紗
中正路不見水景流光
只有龍舟賽喚起記憶
運河之水仍流向安平

卷七　測民心風向

距離「文以載道」年歲久矣，民主憲政的可貴，在捍衛「言論自由」。

身為文字工作者，觀察、理解、透析社會現狀後，有責任透過文字鋪陳所見所思。願真理永存，善美同在。

文青

文青一詞躍然於交戰中
諷刺戲謔躁動於人心間

文藝原是心靈花朵
青年保有純真文采
奈何政治怪獸衝撞
踢翻民主進步之牆

文青不該是政治的
政治也不能是文青式的
實踐是檢驗真理的法則

戰爭

交惡是爭鬥的火種
爭鬥是戰爭的前哨
戰爭是傷慟的引信
傷慟是貧病的溫床
貧病是滅亡的觸媒
滅亡是交惡的結局

上一代人厭惡戰爭
這一代人挑動戰爭
下一代人毀於戰爭

震殤

子夜鐘聲驚醒地牛蠢動
淨土瞬間充斥恐慌
板塊擠壓
斷層崩落
禍從地底來

石頭離開溪流
沙土離開河邊
大樹離開森林
鐵砂離開礦區
房舍離開自然
人不能勝天

命在一夕注定
運在一刻難料
災區從不缺乏愛
牽手的信息撫平不安
握緊的力量戰勝煎熬
愛永不止息

（為2018花蓮震災災民祈福）

開飯

民以食為天
食為民所繫

一個人吃的是溫飽
二個人吃的是氣氛
三個人吃的是熱鬧
四個人吃的是親情
一桌人吃的是和諧
一廳人吃的是人情

能源

從山水嗚嗚到人間哀嚎
能源何去何從？

工業革了山水的命
能源耗掉人類的本
承諾緊抱神主牌
危機藏在細節裡

乾淨的煤
不安全的核能
電源在偷笑
錢幣也捉狂

霧霾湊熱鬧
供電捉襟見肘
能源何去何從？

預算

有些地方
錢正襟危坐
隨預算編列而行

有些地方
錢看人臉色
不時從後門溜走

有些地方
錢坐錯位置
糊里糊塗被帶走

有些時候
誰的官位大

誰就有資格帶走錢
有些時候
誰的手段高
誰就有能力偷走錢
有些時候
誰的騙術強
誰就有魔掌控制錢

預算和錢交手
錢不動聲色
預算東拼西湊
錢去了那裡
那裡聞得到一種味道

問蒼天

真相對上帝告白
要是雲不來搗亂
戰機就出不了事

雲向神訴苦
那是大自然現象
戰管都能掌控
為何不做出決斷

戰管人員有苦難言
是演習重要
還是民航起飛重要

幾分之幾秒的猶豫
悲劇收場

一位優秀飛行官之死
（向漢光演習犧牲的飛行官致哀）

拔管

凌遲寫下二十五個正字
刑期還未看到未來
校長職銜牌虛位以待
最高學府鬧低級笑話

大學自主被剝光外衣
學術自由被銬上枷鎖
院士與院士的對奕
早成定局

年金

退休金和年金起了衝突
政府自認要當和事佬
領多的要砍
領少的不動
轉型正義不斷鼓躁
誰說的才是真理？

改革精進
早已在法條實施中
世間道理
卻在掌權者的嘴裡
選票驅動著意志

是非舉起了白旗
非我族類
不要也罷！

仇恨

情人眼裡容不下一粒沙
沙是仇恨的星火
運動員鞋裡容不下一粒沙
沙是難過的根苗
一沙一世界　處身
何其寬闊又何其窄促！

仇恨連結了虛偽
虛偽掏空了真理
真理投降了黑暗
黑暗綁架了光明
光明映照了仇恨

仇恨東鬧西撞

臺灣四處求饒

過半

民意站上天秤
不可承受的重是
加一
不可承受的輕是
減一

輕重無關是非
兩端左右政局
一場遊戲一場夢
可悲的家園

民主或民王

任誰都說得冠冕堂皇
過半即是主宰

官話

用文字玩遊戲
讓公平鬧彆扭
以資料打高空
裝誠信耍流氓
任由一張嘴

官話
把是非掩於署衙門外

國家圖書館出版品預行編目

邂逅於美麗 / 胡鼎宗著. -- 初版. -- 臺南市：
胡鼎宗, 民110.06
面； 公分
ISBN 978-957-43-8850-9(平裝)

863.51　　110007049

邂逅於美麗

作　　者／胡鼎宗
出　　版／胡鼎宗
封面設計／方冠舜
編輯完稿／方冠舜
製作銷售／秀威資訊科技股份有限公司
114 台北市內湖區瑞光路76巷69號2樓
電話：+886-2-2796-3638
傳真：+886-2-2796-1377
網路訂購／秀威書店：https://store.showwe.tw
博客來網路書店：https://www.books.com.tw
三民網路書店：https://www.m.sanmin.com.tw
讀冊生活：https://www.taaze.tw

出版日期／2021年6月
定　　價／280元